KB120812

천년의 시 0092

골목의 날씨

천년의시 0092

골목의 날씨

1판 1쇄 펴낸날 2018년 12월 29일
지은이 김정경
펴낸이 이재무
책임편집 박은정
편집디자인 민성돈, 장덕진
펴낸곳 (주)천년의시작
등록번호 제301-2012-033호
등록일자 2006년 1월 10일
주소 (03132) 서울시 종로구 삼일대로32길 36 운현신화타워 502호
전화 02-723-8668
팩스 02-723-8630
홈페이지 www.poempoem.com
이메일 poemsijak@hanmail.net

김정경ⓒ, 2018, printed in Seoul, Korea

ISBN 978-89-6021-411-8
　　　 978-89-6021-105-6 04810(세트)

값 9,000원

*이 책은 2018년 전라북도문화관광재단의 지역문화예술육성지원사업의 지원을 받아 제작되었습니다.

골목의 날씨

김 정 경   시 집

천년의시작

시인의 말

자고 나면 결심이 무너졌다.
더 끝까지 나를 몰고 갔어야 한다는
자책과 부끄러움 때문에.
그럼에도 시에게는 집을 지어주고 싶었다.

이제 이 몸은 안심하고 떠돌 수 있겠다.

돌아올 수 있겠다.

차 례

시인의 말

제1부

해 설

제1부

추운 나라의 언어들처럼

네 몸에 귀를 얹으면 발톱 자라는 소리까지 들을 수 있어. 빈틈없이 껴안고 네가 꾸는 꿈속까지 따라갈게. 겨울나무 칭칭 휘감은 전구처럼.

먼 언어를 배우는 사람이 되어 추운 나라로 가자, 나무들의 촘촘한 나이테 사이사이 너의 이름 켜켜이 쌓아 올린 신전을 갖게 해줄게.

멀어서 다정해지는 약속들.

이곳은 그녀에게 너무 가깝고, 아직 멀다.

등에 입술을 붙이고
영혼에 닿듯 불렀지만
그녀까지 닿지 못했다.

쾅쾅거리며
깊어진
귀가 멀었다.

길의 기척

길이 왔다
불당에는 들지 않고
눈동자 굴려 주련을 더듬는다

눈 귀 틀어막고
옛날을 독하게 끊어낸 겨울 산사는
동안거에 들었다 낮 동안
볕이 카디건 보풀처럼 부풀었다
엄지와 검지 구부려 둥글게 뭉치며
아미타불의 수인手印 떠올릴 때
낙엽이 우르르 몰려와 절 마당에 엎드렸다
물에 젖고 모서리 접힌 것을
오래 문질러 보았으나
펴질 리 없다 잎맥에
무언가 적혀 있는 듯했지만 다시 접어놓는다

검은바람까마귀 저물녘까지 가라, 가라,
정수리를 쪼았다
늙은 스님의 걸음은 산그늘 벗어나지 못하고

돌탑 위에 돌을 쌓으며 며칠 머물다 흔적 없이
사라질 것이다, 공들여 무너뜨린 탑
맴을 돌다가
돌아보면
길은

일주문 들쳐 업고 떠날 채비를 한다

꽃을 배다

연꽃 따러 가는 길
노를 젓는 손등 위에서 시작된 빗줄기 몇 달째 멈추질 않아요
물고기 잡으러 간 오빠가 돌아오지 않아요 불어난 물은
마을에서 연약한 것들부터 먹어치웠죠
살아남아서 꽃을 꺾어요 키를 덮는 호수 안쪽으로
자맥질하는 것은 두렵지 않아요
가시연꽃 뿌리를 캐내면 꽃보다 비싸게 쳐주거든요
캄보디아 식탁에는 허기만큼 흔한 거니까
쌀을 사기 위해 꽃을 파냈어요

밤새 빗소리 듣고 깨어나 머리칼이 젖은 아침
물에 잠긴 짧은 꿈
물 밖으로 드러난 꽃대와 함께 시들고
쓰러져 누운 집들 너머로 죽 끓이는 연기가 피어올라요
다시 태어난다면 꽃 한 송이 꺾지 않고도
저녁이 올까요

기다리는 사람이 묵음으로만 발음되는 마을 소녀들
헛구역질로 눈앞이 흐려진 틈을 타 코앞까지 다가든 어둠,
굽은 기둥

뒤에 숨죽이고 있다가
끓고 있는 죽 냄비 훔쳐 달아나요
빈속에 배가 부풀어요

일요일의 휘파람

할 말 있다는 듯 창문은 비를 불러왔다

달싹이는 입술을 읽는다

그때 펼쳐둔 시집에서 휘파람,

어머니가 천식에 좋다는 것을 보내셨지만
병도 약도 공연히 잊고 싶은 날
반도네온의 단추들을 누르는 악사처럼
소리 나는 곳을 짚어본다

산책을 즐기는 옆집 개는
현관문 긁으며 짖고
비는 멎지 않고

극지의 눈은
하늘에 오르기까지 수십만 년 걸린다는데
유리창에 키스를 퍼붓는 비는 언제 구름이 되었을까

침대에서 한 발도 벗어나지 않았지만

어쩐지 나는 아직 도착하지 못한 것 같아서

집으로 돌아오는 발소리
듣고 싶은 휴일 오후에는
두 귀가 창문에 붙어 휘파람을 불었다

나의 얼굴이 전생처럼

내가 모르는 사람처럼 지나갔다

울고 싶지 않아서 입속을 허밍으로 채운 날들
매달릴 곳이 차라리 사람이면 좋겠다
더 나이 들기 전에
내 집을 갖고 싶고
갈수록 병과 부음이 가까워 그날의 표정이 생겼어

맨정신으로 할 수 없던 말을
취하지 않고도 할 수 있게 됐다는 말
혼잣말에 놀라 두리번거리는 일 늘고 있지만
사람들은 놀랍도록 다른 사람 얘기를
귀담지 않는다는 걸 알아챌 무렵

이토록 서서히 멀어질 듯
사라질 듯 다가오는 것이라면
나의 사인은 희망이라고 기록해야 마땅해

아는 얼굴인데 이름이 생각나지 않는 이처럼

유리창마다

낯선 얼굴이 떠올랐다가 가라앉는다

안거
—겨울 전주천에서

녹다가 얼어붙은 눈을 밟으면
여물지 못한 어린 짐승 뼈를 밟는 것 같았다
억새밭에서 고라니와 마주친 오후
가던 길 놓고 서로 마주 보았다

발밑에서 지난 계절이 부러지는 소리
얼음 풀리는 물가로 뒤뚱뒤뚱 걸어가는 새
곧 넘어질 듯 뛰는 아이가 얼음 위에 돌을 던지고
손뼉 치는 부모에게로 갔다

너는 이 겨울 물속에 몇 개의 탑을 쌓았을까
너를 생각하는 일은 나를 생각하는 일이었다
사랑한다, 말하면
그 말이 너를 데리고 먼 데로 가버릴까 봐
겁이 났다
아름답다는 말은 얼마나 차가운가
내가 없는 곳의 이마가 빛났다

흙에 글씨 쓰고 다시 흙을 덮어 숨겼던
어린 날 놀이처럼

더듬더듬 글씨를 발굴해 주기를

어쩌면 영원한 오독을

기대하는

평화로운 이곳에서

떠도는 여름 조각

부안터미널에서 막차를 기다린다
태풍이 제주도에서 느리게 북상 중이라는
뉴스가 울려 퍼지고

돌아가지 말까
돌이킬 수 없는 곳까지 가서
기다리는 것은
바닷가 여관의 하룻밤
간판 불 나간 술집에서
뒤척이는 시간을 셈하는 첫차여도

그동안 조금씩 사라지고 있었어,
나는

나를 지울수록 세상은 무성해져

손님 없는 식당에서 허기 채우고 나와
이상하게 출출하다고
컵라면과 소주 사 들고서
애처로운 눈빛으로,

막차를 놓치게 만들고 싶다

나를,

여기 너무 많은 저녁이

그래서 그 여자는 그곳을 탈출했을까

세 페이지쯤 읽은 소설 속
여자의 안위가 걱정되었다

그 남자는 이제 그쳤을까

교회 앞 계단에서 어깨울음 우는
사내를 지나쳐 왔다

신호를 기다리는 동안 교복 입은 소녀들이
돌아가며 침을 뱉었다

침울한 표정의 남녀가 뒤따르며 우주의 가을을 설파했다

떡국 끓여 이른 저녁 먹는 식탁까지
그들이 따라와
그치지 않는 감사 기도

친구는 전화를 걸어와

담배 끊은 지 일주일 되었다고 잔기침을 뱉고

나는 공벌레처럼 몸을 말고 어제 먹다 남긴 밤의 낱말들
을 헤아린다

오늘은 아무 일도 일어나지 않았다, 라고 써놓았으나

내일의 우리는 어떻게,

겨울 숲에서 귓속말

솜털이 노루 귀처럼 바짝 섰다 수풀에서
불쑥 튀어나온 인기척에 놀라
길 밖으로 밀려났다 젖은 낙엽 밟고
개나리 덤불을 끌어안았다
휘적휘적 팔 내저으며

내려갈까, 난파선의 선원인 척 돌아가
떠난 애인 뒤꿈치가 새끼 노루
발바닥같이 말랑해질 때까지
어루만져도 좋겠다

그러나 2월에 핀 개나리 같았다 사랑은

버스 정류장에 마중 나온 옛사랑의 착한 애인
애인의 머리에 묻혀 온 검불 같은 지난날 털어주겠지

지나쳐 온 곳으로 가는 버스에
발목이 접질린 석양을 먼저 태워 보냈다

짓무르기 쉬운 것을 보는 눈빛으로

기슭마다 어둠
더 속 깊은 어둠에게 속삭이고

낙타

둘이 오던 밥집에 혼자 찾아와
모처럼 걷기 좋은 날씨다, 하고 노인은 딴청 부린다

등을 둥글게 만들고 운동화 끈 고쳐 매주던 사람
생각에 발밑이 어둑하다

낙타 목에 방울 매달아 선수를 뒤따르게 한다는 사막 종주
쩔그렁쩔그렁 방울 소리
모래 씹으며 속도를 내게 된다고 했다
낙타가 앞지르면 실격이므로

신은 시간으로 위엄을 드러낸다지
깨진 무릎 호호 불어주던 입술에 입맞춤한 여름밤의 공원
복숭아 과즙처럼 손가락 사이로 흘러내리던 머리카락 대신
숟가락 쥐고

뚝배기에 고개 박고 있는 노인의 그림자에는
구부정한
낙타 한 마리가

6월

왼쪽 아래 어금니에
통증이 내리자 마른장마가 시작되었다.

여름 꽃이 왔다.

할 일 없는 사람처럼
할 말 있는 사람처럼
자주 곁을 서성인다.

매일 꽃이 진다.
지는 꽃그늘에는 새로 피는 꽃이 있듯

빨래 널고
손톱 깎고
책상 앞에 앉아야겠다.

달의 교습소

가매
아름다운 매화라는 뜻이라지요
꽃 이름은커녕 이름자도 쓸 줄 모르시는 할머니

경임아 세라야 남진아 숙자야
딸과 손녀들 출석 다 부른 다음에서야
내 이름 찾아주시고요

전화기 옆 벽에 그려진 번호들
문자가 생겨나기 전 동굴벽화와 닮았지요
닳고 작아져
꾸벅꾸벅 땅으로 자라는 할머니를
무슨 뜻인지도 모르고 받아 적는 밤
감잎 사이 지나는 바람 소리
책갈피로 꽂아놓았죠

잠결에 문틈으로 내다보면
옷에 꽃 그림 그릴까 봐 저녁 거르신 할머니
수돗가에 기저귀 풀어놓고
오늘은 네 아비 낳던 날도 기억난다, 하시고요

흰 엉덩이에는 덥석 깨문 달빛 자국

하품하는 달의 귀가 발그레한 이유

나는 낙서로 빽빽한 공책을 덮어요

제2부

불안꽃

꿈이 꿈을 물어 와 서로 부둥켜안고 침대 밑으로 굴러떨어지는 밤. 하얗고 파랗고 빨간 십자가들이 길목마다 지키고 서서 하얗고 파랗고 빨간 어둠을 배불리 먹는 밤. 애인이 올 때마다 요리하는 옆집 여자의 식탁에 앉고 싶은 밤. 슬그머니 피고 지는 여자의 화분 속에 작은 몸 옮겨 심고 그녀의 꽃잎을 세며 잠들고 싶은 밤. 며칠째 애인은 오지 않고 TV를 켜놓은 채 여자가 흐느끼는 밤. 망루에 올랐던 사람들이 불꽃 틔우며 운석처럼 떨어져 내린 밤. 어디선가 눈물의 종족들이 태어나 별빛 속에서 슬픔의 촛대를 꺼내 드는 밤. 누구도 찾으러 오지 않아서 스스로 술래가 되기도 하는 밤. 뿌리 없이도 몸에서 피어나 먹고 말하고 취하게 하는 불안의 꽃. 삶이 위태로워진 나무는 어느 때보다 화려하게 꽃 피운다네, 꽃인 줄 모르고 마구 꺾는 무심한 손길들의 밤. 어쩌면 모든 이가 잠이 든 밤은 없을지도 몰라, 골짜기가 더 깊은 어둠을 향해 돌아눕는 밤. 아름다운 꽃들의 날.

한 토막의 저녁

백 년 만의 가뭄이라고 떠들썩할 때 빗방울
뛰어내렸다 지붕 위 고양이들
물방울 털어내며 담장을 넘어갔다
쌀 씻는 소리에 담 밑 어슬렁거리는 저물녘 공기
저녁은 돌아오는 길 잃지 않고 허기를 데려왔다
고양이 털에 붙은 빗방울, 다시 담을 넘어왔고

도마 위에는 고등어 한 마리
마지막 물살 떼어낸 자세로 얼어있다
몸통과 지느러미 사이에 남은 파도의 실뿌리들,
한 손에 다 잡히지 않는 바다를 뱉어낸다
돌아갈 수 없으므로 돌아보지 않는 눈,
물끄러미 나를 본다

양파 썰고 육수를 내는 동안
백 년을 기다려 당도한 가뭄, 장맛비에 풀어지고
내 것이지만 한 사람의 것 같지 않은 궁기窮氣
한 냄비 안에서 끓는다

냄새를 맡은 저녁 한 마리,

고등어 토막을 물고 골목으로 사라진 뒤

마당 위로 까만 눈동자들

우릉우릉 내려온다

올리브의 초록처럼 아침 혹은 봄

당신이 웃을 때 속눈썹 하나가 빠졌다 모르는
사람처럼 서로를 조금씩 흘려보냈다
몇 발짝 떨어져 걷다가 우연히 든 암자
뒤따르는 노래도 없이
가지를 떠난 동백꽃 무더기

이름을 알 수 없으니 그냥 동백사라 부를까?
당신인 줄 알았는데 붉은 입술들
입을 벌리고 있다
꽃 진 자리
이듬해 다시 피우지 않는 것은
'기억해 줄래?'라는 말
끝내 묻어두지 못한 물음 때문에 돋아난 새순일 거야

꽃잎과 꽃잎 사이에 개켜서 넣어두었던 아침
불러보고 싶은 이름 있어 유리창에 문지른 입김
비밀이 간지러워 덧니가 날 것 같던 난로 앞의 시간
두 개의 그림자 위로 쏟아진다 깨진
유리병에서 굴러온 올리브의 초록

당신이 돌아섰을 때 초록이 파도처럼 발밑으로 끼쳐 왔다

오늘 한 일

저수지에 돌이 떠있다
어제보다 대여섯 개 더 늘었다
사람들이 던져놓고 간
얼음 위 돌멩이
어미 찾는 새끼 물새처럼
물의 품속으로 파고들었다 저수지는
포옹을 풀지 않은 채 얼어있다
날 풀려 돌멩이들이 자맥질하면
얼음 아래 헤엄치던 물고기
그중 가장 예쁜 것을 골라
심장으로 삼으리라 첫,
박동이 뛸 때
사라진 악기의 연주 소리 들려오리니

존재하나 주법이 전하지 않는 악기를 생각하다가

훔친 물고기 심장,
주머니에 넣고
집으로 간다

이름의 이름

'어름 팝니다'
담벼락에 흘러내린 붉은 글씨
여름은 뉴스와 뉴스
사이 꽃들의 플래시를 펑펑 터트렸다

광고탑 위로 올라가 종의 이탈을 시험하는 꽃
녹아서 사라질까 봐 어르느라
뻘뻘 땀 흘리며
광장에서 물세례 받는 꽃
허공을 거미줄처럼 엮어
제 신발 베고 눈 감는 꽃
땅에서 더 할 것 없다면 땅 위에서도
더러워진 발 씻어줄
신은 아직 태어나지 않았다고?

음식 찌꺼기에서 깨어난 벌레여,
밤 깊도록 꿈의 틀을 돌려다오!
노래 그친 시집
고장 난 오르골이여,
태엽은 헛돌아라!

발레리나 발끝에서 정지된 음의 파닥임
발롱, 바뜨리, 아라베스크
침묵의 마지막 자세로 굳세어라!

세상 모든 이름은 누가 낳았나
시체가 썩기도 전에 이름이 벌써 사라지는 자가 될지니[*]
거미줄에 걸린 나비 날개같이
덧없이
지워질 한 생애의 발자국
새로 눈 뜬 벌레에게 내가 아는 꽃 이름을 붙여 주었다

이름의 이름, 이름의
이름의 또 이름의
작명가에게
팡 터지는 꽃의 어름을!

* 정약용의 『유배지에서 보낸 편지』에서 빌려 오다.

퇴근

12년 동안 다닌 직장에서 짐을 뺀다
가본 적 없는 해안 도시의 사진 액자를 걷고
귀퉁이 떨어진 업무 수첩
상자에 쓸어 담았다

누구의 것인지 모를
머리카락을 쥐고 있는 서류 집게
서랍 안에서 먼지는 먼지끼리 똘똘 뭉친다

손에 움켜쥘 수 있는 것은 몇 장의 지난날뿐

물에 뜬 나무토막인 양 두 팔로
상자 끌어안고
떠밀리듯 나아간다
배웅 나온 느티나무 안주머니에서 툭,
모서리 해진 사직서 같은
매미 허물이 떨어졌다

집으로 돌아가
새로 밥 지어 먹이리라

나는 더는 내 짐이 아니다; 믿음이 미움이 되기 전

낮은 베개 고여 재워야겠다

반듯한 사각의

상자 속에 누워

희고 작은 것이 눈을 떠서

풋눈 내리는 아침
뜨거운 물속에서 목련이 부푼다

이른 봄 미자 이모와 꽃봉오리를 모았다
완전히 핀 것이나 시들어 떨어진 것은
꽃술에 독을 키워
꽃눈이었다가 봉오리가 된 것을 꽃이
눈뜨기 전에 땄다

사다리에 올라
한 송이 남은 가슴에서
일찌감치 들어낸 아기집에서
횃불 같은 꽃가지를 꺼내 든 미자 이모
내 치마폭으로 던져 넣으면

목련 문양 그늘이
발바닥을 튕겨 올렸다 소녀를 태운 트램펄린처럼,

화상 자국처럼 간지럽게
희고 작은 것이 눈을 떠

문 여는 몸에서
모락모락 김 피우는 목련 나무 한 그루
걸어 나간다

겨울 거리가 희다

다이아몬드 더스트

눈이 촛농처럼 녹아내린다
어쩌자고 여기까지 왔을까
여행 가방에서 짐을 꺼내자 위경련이 찾아왔다
내가 나쁜 애라서 아픈 거라고 믿었던 어린 날
머리맡에 놓인다
잠들지 않기로 한 이 밤, 하늘은
작은 결심들로 빛나는 일기장 같고

영하 20도까지 기온이 떨어지길 기다려
숲으로 떠나는 사람들을 생각한다
종아리를 삼키는 눈길 열어젖히고 산등성이에 올라
손전등 들고 허공을 더듬겠지
별을 잘게 빻아 공중에 뿌려놓은 것처럼 반짝인다는 다이
아몬드 더스트
얼어붙은 수증기가 만드는 숲속 오로라

숨기듯 숨어든 사람 하나 멀리서도 보일까
먼지처럼 떠도는
어둠 속에 마음을 오래 켜두었지만
꽁꽁 숨겨 두고자 했던 것부터 먼저 탄로 났다

생활의 남루와 이별의 기적 같은 것,
눈부시게 환해지기도 하려나

차갑게 식은 초승달이 이마를 짚어준다

미륵사 뽕짝 뽕짝

보라는 백제 유적은 안 보고
엄마들만 구경했다
현장학습 나온 아이들처럼 줄 맞추어
풀풀 먼지 날리게
푸른 풀 뽑는다

한 발 전진할 때마다 자루에
강아지풀, 마디풀, 쇠무릎, 비단풀
넘칠 듯 넘칠 듯 봄볕도 차란차란

느티나무 밑 라디오는

산다는 게 다 그런 거지
누구나 빈손으로 와
소설 같은 한 편의 얘기들을
세상에 뿌리며 살지*

엉덩이춤 부추기는데

미륵사로 돌 나르던 아빠들은

다 어디에 있나

딴딴하던 장딴지와 힘줄 팽팽하던 팔뚝

그때 그들의 허리 받쳐준 목소리는 누구의 것이었을까

* 김연자가 노래한 「아모르파티」의 노랫말.

마티에르

할아버지는 힘이 셌지요
화농의 꽃
낮은 천장 밀어 올리듯 피어나면
아빠는 이 악물고 똑똑 꽃잎을 땄지요
그 밤, 엄마 살갗에도 농처럼 꽃물 들고요

생선 가시 발라 밥 위에 올려주는 아빠
손가락 뜯어 먹는 꿈
소리 내지 않을 거죠?
시름시름 앓는 것들이 오래 살아요

잠든 척 눈 감으면
할머니는 예쁘다 예쁘다, 했어요
농담濃淡 다른 꿈들이 뒤섞여 뭉개지는 담요 속에서
나는 아직 태어나지 않았고요

제삿날 끄트머리에
첫 월급봉투처럼 내가 들어앉아 있더래요
불러오는 배를 껴안고
가족사진 찍었더라나요

겹겹이 덧칠한 빛

가까스로 가까워져요

사랑

다섯 살 된 조카는 매미 허물을 모았다

공원에서 그것을 찾을 때가
제일 재미있다고 했다

그날 우리가 함께 모은 허물을 모두 내게 주었다

몸이 설다

햇살이 콕콕 발톱을 쫀다
세탁기 돌고
리처드 홀리 노래하고
나는 없다가 갑자기 생겨난 사람처럼
어색하게 웅크려 발톱을 깎는다

있어야 할 자리 찾아서 밖으로 나도는 동안
한 여자가 떠났다
주말 기다려 밑반찬 만들고
화병에 물 갈아주던 그 사람 지금 부재중이다

그이가 어떻게 웃었더라?
기억이 콕콕 기억을 쪼아 먹는다
발톱을 깎았을 뿐인데
내게서 빠져나간 그녀의 자리가
한 움큼 비어있다

몸이 설다

모란의 남쪽

사내가 뒤집어쓴 담요에 모란이 만발했다
남부시장 채소전과 과일전 사이
밑동만 남은 버드나무에 기대
시루 속 콩나물같이 허리 세우고 잠든 사내
시장 여인들이 끼니때마다 밥과 반찬 덜어 모란꽃
옆에 놓아둔다 밑 빠진 독에서
술을 물처럼 마시고 말라가던 사내는
붉은 눈으로 꽃잎 열고 나와 식사를 한다

검고 긴 목의 사내가 모이 쪼는 비둘기처럼
빈 그릇 두드리면 장바닥에 엉덩이 바짝
붙이고 앉은 여인들
떠밀려 나지 않으려 발끝에 힘을 준다
봄볕 살가운 남쪽 찾아 나섰건만
앉고 보면 북쪽이었다고
수북이 쌓인 찬거리 사이 목청 다듬는다
싸요, 사요, 살은 놈이야, 실한 거라니까, 다가오는
발자국 향해 물가 나뭇가지처럼 자라는 여인들의 손
깨끗이 비운 사내의 밥그릇에 소주를 부어준다
신 김치 국물 떠먹인다 돌아가며

잔 비운다

파장 시간 지났는데 누가 흘리고 갔나
시장 여인들이 옷에 묻은 물기와 흙 털어내면
사내도 문 닫을 채비를 한다
몸 여기저기 붙여 놓고 잊어버린 파스처럼
끝이 살짝 말린 채 부푸는 모란
아무도 돌아오지 않는 사내의 방에 주렁주렁
고치 같은 꽃이
열린다

제3부

멀고 따뜻하고 찬란한

추븐디 내복 잘 챙기 입고
뾴 지긴다고 뾰족구두 신고 댕기지 말고
아프모 참지 말고 병원 가래이 보험료에서 다 나온다카더라
한 번 얻어무모 한 번은 사야 하는 기라
아가 반찬은 안즉 있나
밤늦기 싸돌아대이지 말고 문단속 단디 해라이
바쁜디 머단다꼬
너그 아부지 다리 인자 개한타
내도 중이염 싹 다 나샀다
반찬은 있나
아프모 참지 말고
아가,

지리산행 버스 안
잠결에 듣는
찬란하고 따뜻하고 먼 이국의 언어

검은 줄

파업이 길어지고 있었다

주머니엔 말린 꽃잎 같은 지폐 몇 장
만지작거릴수록 얇아졌다
어디에도 속하지 않으므로
누구도 기억하지 않는 시간,
집으로 돌아와 문을 여니
방바닥에 검은 줄 하나 그어져 있다

특수고용자로 분류된 나는
노동조합이 철야 농성 중인 회사 안으로
들어갈 수 없었다 출입문 위에
붉은 글씨로 쓴 부적들 나부끼고
제 이름 외치며 뛰쳐나온 노란 팬지꽃
화단 위에 삐뚤빼뚤 구호를 받아 적었다

나무 기둥의 몸을 열고 나온 날개미들,
좁은 방에 검은 줄 늘여가고 있다
문 걸어 잠그고
쓰다 남은 살충제 쏟아붓는다

혼자서 살겠다고
혼자만 살아보겠다고
고쳐 쓰고 또 고쳐 쓰던 자기소개서
개미들이 따라가며 밑줄을 긋는다

고쳐 쓰다 만 자기소개서 위의 검은 줄이 흩어진다

녹으면서 사라지는

망해사에서 주저앉는다

스무 날 넘게 문밖이 환해서
벚꽃이 지지 않고 피어있는 것이라 생각했다
꽃잎이 무거워 사지가 끊어진 소나무들,
쇠찌르레기 몇을 띄워 보냈다

더 가벼워지겠노라, 바람은
눈 위에 쌓이는 파도의 기억을 쓸어내고
당신은 오래 떠돈 바람과 바다를 뭉쳐 만든 사람을
불당 앞에 앉혀 두었지
눈밭에 발 묻은 새처럼 서서 당신,
시선 끝엔 내가 없고
나는 당신이 있는 곳과 없는 곳으로
세상을 나누어 받들었으므로
머리카락 한 올 상하지 않게 품어보고 싶었다

바다로 다가앉고 싶어 하는 낙서전樂西殿을
늙은 벚나무 몇 채가 단단히 동여매고 있다

새들이 제 깃털 뽑아 둥지를 덥히는 이 저녁
동안거에 든 망해사를 흔들어 깨운다
그대 뒷모습에도 꽃 피우겠다
벼랑에도 봄을 머금겠다

주저앉은 몸이 녹아내리자 나는
발자국 지우며 망해사를 빠져나온다

바다로 가는 귀

두 귀를 접어 가방 속에 넣는다

여관방에 눈발이 도착했다
잠결에 파도 소리 배꼽 아래까지 밀려왔지만
내려야 할 역을 어딘가에 흘리고 왔으므로
바다로 가는 길 보이지 않고

죽어서도 피 흘리는 소고기 볶아 미역국 끓이다가
차갑게 식을 때까지 배고픈 아이 이름을 짓다가
기차를 탔다
처음부터 길을 잘못 들어섰다,
몸이 먼저 알아챈 것이다 거짓말처럼
얼굴이 붓고 귀가 울었다

동백나무 붉은 이로 뱉어내는 헛구역질 소리
바람이 명치끝 비트는 소리
쓰러지지 않으려고 생가지 끊어내는 소리
돌아누우면 두 팔로 몸을 껴안아 오는 소리들
누군가 부르는 신호 같아
지도 위에 귀를 올려둔다

두 귀는 발자국 찍으며 깜깜한 바다로 가고
끊어졌던 길이 새벽녘
물속에서 다시 걸어 나올 때까지
빈 가방 속으로 밤새 폭설이 내린다

이화식당

개가 오빠랑 자고 싶은가 봐요

흰 꽃 자꾸 들러붙어서 휠체어 위에서도 마구 달렸다는 동
한 오빠에게

농담을 끼얹고는 깔깔 웃지요

자주 방전되는 배터리가 걱정이라고 징징

소리 나는 의수를 들어 보이고요

처음으로 축구화가 생긴 어느 봄날

열꽃이 손발을 몽땅 가져가 버렸다나요

손가락 발가락 새로 꿈틀거리는지 봄엔 유독 가렵다는 말

탁자 아래서 몰래 내 허벅지를 긁고 싶어져요

전동 휠체어가 윙윙 동한 오빠를 어르는 동안

삼례시장 골목 안 이화식당

흠집 나고 짓무르고 깨진 배 같은 것들만

이곳으로 굴러들어 와요

살길 막막한데 연애가 하고 싶어, 봄밤 짧은 꿈

술잔에 꽃잎으로 떠다니고요 닥치고 약이나 먹자, 멀쩡하
게 다니던 회사

사표 내고 도서관 귀신이 된 귀옥 언니가 끼어들고요

학부모 들이받고 학원에서 잘린 성철이는

갈아엎고 싶은 것이 한두 가지더냐, 빈 병 잡고 고꾸라지고요
이런, 조팝나무 이파리 같은 일이 있나, 크다 만
버찌 같은 걸 봤나, 찬 서리 맞아봐야 제대로 맛이 든다고
졸다 깬 순자 언니는 식은 국물 한 순갈로 오빠의 입을 막았죠

돼지껍데기와 고등어조림과 황석어젓이 한데 섞여 차가워
지는 밤
취한 동한 오빠의 휠체어가 어둠을 천천히 밀고 나가면요
이화식당에서 나온 돌배들이 돌돌돌 굴러가지요

이별 감쳐문 입술이 열리면

목젖까지 씀바귀 잎 가득 고인 날

조심조심 골라 디뎠으나 은행알 밟고 만 날

물컹, 꽃으로 태어나 벌레로 변한 몸 만진 날

너를 만나러 가는 길목

무수한 빛 속에서 나비 떼
그림자 후드득 떨어뜨리는

이 별에서
입술이 열리면

바람난 골목

받침이 떨어져 나간 문화시계방 사내가 손목까지 문신이 그려진 토시 끼고 라면을 먹는다 면발 길어 올릴 때마다 목 늘어난 메리야스 아내보다도 착착 몸에 감긴다 트림 소리가 새끼 고양이를 깨운다 중앙기름집 앞 씻어놓은 빈 소주병을 어미 젖인 양 빤다 참기름 냄새가 온화슈퍼로 건너가고 파라솔 밑 사내들 흘끔거린다 민해경 미용실, 민해경이 아닐지도 모르는 여자가 빨간 바가지에 담은 물을 뿌리고 들어간다 치마 위에서 살랑, 바람도 없는데 꽃잎이 몸을 뒤집고

사내들의 벌어진 가랑이 사이에서 기어 나온 검은 개가 태평막걸릿집 향해 걷는 동안 평상에 앉아 북한산 다슬기 까는 여주인, 손보다 입이 더 재바르다 통일되면 이것도 국산이여, 내친김에 중국산 마늘도 깐다 뽀얀 속살 드러날 때마다 간지러워요, 젊은 며느리 낮달처럼 희미하게 웃으면 남원철학관 녹슨 대문을 열고 가슴팍 풀어 헤친 바람이 뛰쳐나온다 맨발로 중앙여중으로 달린다

처음에는 중앙인 줄 알았으나 점점 골목 끝으로 밀려나는 사람들 어깨를 짚고 훌쩍 담을 넘는 바람, 활짝 열린 교실 창문으로 뛰어든다 7월의 골목, 중앙에서부터 난다 난다 바람이,

로렐라이

로렐라이 그 여자
고향 집 뒤란
고무락고무락 돋은 아욱 잎 같은 작은 손을 가졌지
연분홍 꽃잎 노래하면
손등 두드려 가만가만 박자 맞추고 싶었네

달빛 홀리듯 여자는 누워있었다지
몇 번째 사내의 앙심이었다고도 하고
술값 실랑이로 목이 졸렸다고도 하는데
해가 지면 겁 많은 꽃들, 집 밖으로 나오지 않네

취한 바람이 보낸 환청인 줄로만 알았네
불 꺼진 창가 나지막한 노랫소리
골목을 에돌아 지날 때마다 들려온다네
어느새 이 사내 저 사내 등으로 옮겨 다니며 로렐라이
로렐라이 로렐라이 사내들 자꾸만 뒤돌아보네

일렁이는 발밑이 물인지 뭍인지
불빛들 눈앞을 가리고
골목의 허벅지 사이를 더듬는

손가락

로렐라이 로렐라이 로렐라이 노래가

멎지 않네

솜사탕

너는 다른 세상에 사는 것 같아, 이별 통보 담긴
마지막 통화 끝내고 비누를 집어 든다
팬티 안쪽부터 비누칠 꼼꼼하게 마친 다음
손으로 비빈다 물이 닿자 부풀어 올랐다가
사라지는 비눗방울

타인들의 거리에서 불쑥 튀어나와
너보다 달콤한 건 없을 거야,
등 뒤에서 솜사탕을 꺼내 주던 남자는
설탕물 얼룩,
자국만 남아 젖은
속옷으로 닦아낸다

어른들의 장래 희망은 연애래,
땀으로 축축해진 남자의 손
풀리지 않던 손가락
비누 거품 속으로 녹아들고

새 애인 입속으로 헤어진 애인을 향한 복수의 혀
밀어 넣으면서

방울방울 부푸는 밤

한 쌍의 잘 어울리는 타인의 애인

지금 없는 사람

눈은 길을 지우며 달려왔습니다
그늘진 곳부터 엎드렸지요

동백꽃 진 자리에 매달리고 싶었어요
머리부터 발끝까지 속을 비워
풍경 소리 은은하게 퍼뜨리겠다 했지요

가슴 안쪽부터 또박또박 길을 새겨 넣는 눈
주머니에 손 찔러 넣고 서성이다 망설이다 돌아선 발자국은
나무의 눈물 자국인 듯 어지러웠습니다 한낮에도
볕 들지 않는 응달, 이곳은
빛을 앉히는 의자 같은 그늘이라고 당신은 말했겠지요
지금은 없는 사람
사랑은 아직 피어나지 않은 꽃봉오리 사랑은 지는 꽃
받아주는 바다,
앞은 뒤가 되고 낭떠러지가 날개가 되는 황홀
광휘와 치욕이 뒤섞인

그늘 속에 손 넣고
언 발등 녹여 주고 싶었습니다

지상의 빈틈 메우려고
눈은 내리고요

더는 어둠이 어둡지 않습니다

이 마음을 참으면 무엇이 되나

궁금했다

불쑥 침대로 뛰어드는 골목의 발자국들
스스로 머리 밀며 울던 모과나무의 비밀 연애
빨래 곱게 개켜 방문 앞에 놓고 가는
주인집 아들의
빈 밥솥 같은 연심
겨울마다 천장과 지붕 사이에 자리 펴는
고양이의 가계
보일러 돌아가는 소리 들으며 썼다 지운 글들

이 모든 것의 주인은 정말 나였던가
내어內語 가득한 하나의 세계를
읽지 못하고 떠난다

안개와 노을을 풀어놓던 폐사지의 부도 탑처럼
골목의 날씨를 만드는
다섯 채의 사이프러스와 백목련 두 채
산수유나무와 대추나무도

안녕은

안녕

그늘을 접어 날리다

이른 아침 쫓아 나가 남편의 지갑을 뺏어 들고 돌아온
아래층 여자가 대청소한다
방 안에 갇혀 지내던 화장대가 마당으로 불려 나왔다
막막한 표정으로 서있다

주말 앞둔 밤
느닷없이 아래층 안방 문이 열리고
아버지 다 봤다니까요, 오토바이 뒤에 타고 있던 그 여자!
군자란 화분이 튀쳐나왔다
나잇값 좀 하세요, 재떨이가 화장대 거울을 들이받았다

신발장에서 쫓겨난 신발들이 속까지 흠뻑
젖는 줄도 모르고 물청소하는 여자
나는 널어놓은 이불을 고쳐 너는 척하면서
그늘을 접어 그녀 쪽으로 슬쩍 날려 보낸다

세탁기에서 옷가지를 꺼내 든 여자의 옆구리에
식구들 팔다리가 영영 풀리지 않을 것처럼 엉켜있다

제4부

내일

마지막 잎이 물 위에 떨어질 때

몸살 끝에 일어나 소고기뭇국 끓일 때

모르는 사람의 행복을 빌어주고 싶을 때

말간 얼굴로 빠져나간 몸
내 몸에서 찾을 때

오래 살던 집 화단에 아끼는 시집을 묻어두고 이사할 때

이제 더는 기다리지 않겠노라
깨뜨린 술잔 속에도

깨끗이 잘라내지 못해 덜렁거리는 결심처럼

있었다

너는

능소화

병색 짙은 모과나무 한 그루 능소화를 머리에 쓰고 있다
가파른 기슭으로 손 뻗어 하늘을 있는 힘껏 끌어당기는
능소화

죽어가는 나무에나 올라탄다고 불한당쯤으로 여기진 마,
속이 바싹바싹 말라가는 것들에게도 손끝 저리게 안아 일
으키고픈 게 있어

남자는 여자의 겨드랑이에 팔을 끼워 넣고 한쪽으로 기운
몸을 일으켜 세운다
무거워서가 아니라 가벼워서 넘어지는 날들 약봉지 위로
쌓여 가고

너는 어떻게 해도 예뻐, 몇 올 남지 않은 머리카락을 귀 뒤
로 넘겨 주는 남자
여자에게 어깨를 내주고 잠이 든다

모과나무 가지마다 깜빡깜빡 반 박자 느리게 능소화 꽃송
이 내걸린다

숱 없는 여자의 머리칼이 잠든 척하는 남자를 향해 자라
고 있다

생일 파티

스무 살이었어
누구와도 어깨 나란히 해서는 걸을 수 없는 복도
좁은 만큼 어둡고 어두운 만큼 깊어서 꼭꼭 숨겨 주었지
그 방은

검은 양탄자를 탄 고양이 창가로 떠오른 밤
창문 넘어온 도둑과 눈이 마주친 그 방에서
옷장 안으로 들어가 목을 맨 친구가 찾아와
생일 축하해, 앉아있는 날

하지만 스무 살
키스보다 '사랑해'라는 말이 달콤할 나이
흰 목덜미 내어주고 다른 남잘 떠올릴 수도 있는 나, 이길
꿈꾸던 나이지만

꿈속에 얼굴 뭉개진 사내들과 다리 저는 여자들이
몰려와서 축하해 축하해 노래 부르는 생일에는
훔쳐 갈 것 없는 오늘을, 하루씩, 조금만
가장자리부터 파먹고 싶어

남자 친구 몰래 처음 만난 남자를 이끌고 복도를 걸으면
끝 방에서 날마다 파티

조각달

잠투정하는 아이처럼 아버지 자꾸
꽃이 진다 하신다

나는 상처보다 크게 남은 자국이란다
병실에 누워 꽃 지는 소리를 듣는 아버지,
그의 다섯 번째 척추 뼈가 닳아져
내 몸은 자라 아버지 그림자를 삼켰다
화끈 얼굴 달아올라 달도 지워지는 밤

처음부터 아버지로 태어났을 것만 같아요
꽃잎과 달빛 버무려 얼굴을 새로 빚어줄게요
마취에서 깨어나 엄마 엄마 엄마 울던 아버지,
뿌리로부터 가장 멀리 달아난 꽃이 되고 싶었으나

얘야, 흉터 속에는 네가 자란단다
붉게 툭툭 불거지는 산당화
일제히 입 벌리는 상처의 입술들
속에서 세상 모든 딸들이 깨어나도 모른 척하고 싶었으나
휠체어에서 일어나 걸음마 배우는 아버지
붉은 꽃잎

점

점

봄밤

하늘에는 어둠을 긁어낸 자리 하얗게 빛난다

골목을 잠그다

이삿짐 속에서 고구마 잎이 쏟아져 나온다
공중에서 외줄 타기 하는 자줏빛 싹
팔 벌리고 앞으로 나아갈 때마다
뒤로 몇 걸음 물러나는 허공
움켜쥐려고 제 속을 파먹으며 자라는 것들,

개발 개발 재개발 제발 주인 잃은 틀니 같은 꿈
유령처럼 떠도는 중노송동 윤약국 네거리
금이 간 밥그릇에 별이 쏟아진다
안다, 이제 내 것이 아니다
캄캄할수록 귀는 밝아져 몸속으로 잎사귀 돋아나던 날
한때, 라고 부르던 다정함 속에 피어났던 꽃숭어리
단단히 봉해 골목 어귀에 내놓는다

노송슈퍼 안주인과 환갑 넘은 처녀 보살
노선에서 지워진 버스 정류장에
한 자리씩 차지하고 앉아서 달빛으로 반죽한
벽돌을 굽고 있다
이사 나갈 때마다 집 한 채씩 허무는 것 같았으나
사람은 저마다 허물다 만 집 몇 채

가슴에 품고 사는 거라고
폐허 속에 더러 지금은 없는 사람이
들어앉아 있기도 한다고
싹 튼 고구마 빈 화분에 묻어둔다

담 넘어온 석류나무 가지
늦도록 불 끄지 않는 밤
노인들은 갓 구워낸 벽돌 하나둘 쌓고
서둘러 골목을 잠근다

백련 공장

꽃문 열고 여승들이 나온다
공장 문 열 시간, 출근 도장 찍고 연밭에 앉아
흰 꽃 찍어낸다

백련은 음악 양각 어둠을 파내고 새겨 넣은 빛,
몸 밖으로 번진 것
소풍 온 한 무리의 여자들
꽃을 손바닥 위에 올려서 사진을 찍는다
웃으며 사진 속으로 들어간다

진흙 속에 아랫도리를 묻은 여승들
줄기와 연밥 사이 야물게 조여
하얀 꽃잎을 용접한다 저녁 예불 종소리,
공평하게 공양 그릇에 채워진다

꽃잎이 닫히기 전 여승들은
꽃 속으로 돌아가고
남은 여자들 서둘러
몸속에 초저녁별을 뿌리째 옮겨 심고 있다

춤의 예감

전라북도 완주군 고산면 삼기리
오후 다섯 시 오 분의 구두가 도착했다

버스는 오지 않고
햇살은 자꾸 치마 속 들추는데
고개 돌리지 않는 차들은 빠르게 멀어진다

지긋한 눈짓이면 며칠 눌러앉을 마음도 있건만
수작 걸어오는 것은 들판을 달려온 바람뿐

겁 많은 개
내 발소리에 놀라
꼬리 바짝 세우고

목련에 살다

꽃이 꼭 늘어진 혓바닥 같지 않아?
담 너머 사람들 자목련 가지 가위질하듯
혀를 차며 지나갔다

지난겨울
두르고 있던 목도리 풀어놓고
목련 속에 스며든 사내
봄 되자 빈집 마당에 서서 꽃을 뱉어내고 있다

공 찾으러 온 아이는
못을 밟고 절뚝이며 돌아갔다 못 박힌
자리마다 말린 꽃 걸던 아내는
그 자리에 결혼반지 걸어두고 떠났다

불운의 주인이 될 자는 어디에나 있고
4월이 울컥울컥 꽃을 토하듯 못이 벽을 뱉는 일쯤이야

녹슨
오후
대문이 닫힌다 박혀 있던 자리에서

스스로를 뽑아낸 사내
입 벌려 꽃잎 길게 빼물고
웃고 있다

퇴원

당신이 좋아하는 프리지어 안고
병문안 간다

수간 주사 꽂은 소나무 아래 당신
술래에게 들킨 사람처럼 서있다
한쪽으로 주저앉은 어깨를 바로잡아 주어도
자꾸만 기울어지는 꽃대

약 먹으면 낫는다 약 먹으면 나아
약에 취해 피어나는 세상
콧등에 묻은 꽃잎같이 생생했단다
퇴원하면 사흘 밤낮 쉬지 않고
노래할 수 있을 것 같아
알고 있는 모든 노래를 불러줄게

기다려도 오지 않는 것들 기다리다가

혀가 굳은 봄에게

당신이 인사한다

봄이 당신에게 손을 흔든다

마지막을 잊은 것처럼

우리는 스스로를 배웅한다

오해하는 저녁

물이 끓자
취한 남자의 울음도 끓기 시작했다
여자는 모른 척해도 될까
생각하는 것을 아는 척하지 않기로 한다

매일 같은 시간에 창문 아래 나타나는 남자
매번 같은 발음으로 뜨거워졌다
벽을 사이에 두고 마주 서서
여자의 집에 먼저 살다가
사라진 여자의 이름으로 불린다
공중에 흩뿌려진 라면 스프처럼
주워 담을 수 없는 낱낱의 밀어들

나는 그녀가 아니에요 당신은 나를 몰라요

여자는
오해를
풀지 않고 빈 식탁에 놓아둔다

이마 맞대고 엉켜들던 하나의 그림자에서

제 것만 뜯어내 떠난 사람
불러서 돌아올 리가

노을 한 컵 붓고 팔팔 끓인다
붉어지는 적막이 저녁이라고 여자는 오해한다

코러스

머리카락에서 노래가 시작되었어

초경 막 시작한 딸의 늦은 귀가에
벽시계 흘끔거리는 102동 여자에게
레드오렌지 염색약을 발라놓은 순간
요즘 통 안 보이던 105동 여자는 층 많은 단발머리 펼쳐
베란다에서 날아오른 거야 남편이란 종족은
문 나서면 남의 것이거든, 101동은
크리스털 화병 내던지는 드라마 속 여자를 향해
혀를 찼지 볼륨 파마 기다리는 103동 세입자의 하품
빵빵하게 부풀다가
이 얼굴에서 저 얼굴로 펑,
터져버린 껌처럼 들러붙었어
같은 옷 입은 합창단원처럼 서로 닮은 거울의 여자들

음을 놓쳤어!
난간에 앉은 베고니아 화분이 휘청,
디딜 곳 없어 오르지도 내리지도 못하게 되는 것은
무게를 가진 것들의 슬픔
바닥이 나올 줄 알면서도 뛰어들고 마는 타인이라는 질병

목이 긴 병 안에 갇혀서 몸이 떠오를 때까지
몰락을 쌓아야 하는,

오늘 아침엔 머리카락을 뱉다가 깼어
다크브라운 샴페인핑크 매트카키 끝없이 토했어

불안한 음정 가다듬고 한 박자씩
앞으로
안단테, 알레그로 비바체, 웃는 얼굴로

입춘

경기전 돌담 아래로
한 여자 걸어온다

밤공기 가르며
"여기 정말 좋아. 자기랑 같이 있고 싶다."
질끈 올려 묶은 뒷덜미의 보드라운
솜털까지 비추는 젊고 싱싱한 말
몸 근질근질해서
일찍 가게 문 연 산수유 꽃망울 같은 속삭임
꽃의 방에 불 넣고
그녀는 인파 속으로 사라졌다

언제였더라, 꽃점 치듯 손가락 접다가 어디론가
신호를 보내는 사람처럼 귀를 만져본다
그러나 그것은 헛된 일
거짓말을 연습하는 거짓말
난방비 걱정일랑 접어두고
방마다 보일러 돌려야지
귀를 베개에 딱 붙이면
혼자 누운 몸에서도 물 올리는 소리 들리겠다

내어內語 가득한 하나의 세계

문신(시인, 문학평론가)

1

드러머Drummer가 박자를 놓치게 되면 음악은 망가지는 것이 아니라 그때부터 새로운 리듬을 창조한다는 이야기를 들었다. 그 이야기를 듣고는 삶의 결정적인 순간에 꼭 써먹을 일이 있을 거라고 생각하고는 잊고 있었다. 비슷한 의미로 잘 못 든 길이 지도를 만들고, 길을 잃음으로써 새로운 길을 찾을 수 있다는 말도 들었지만, 어쩐지 드러머의 이야기만큼 결정적이지 않았다. 그렇게 드러머 이야기는 세계를 이해하는 단초가 되었고, 예상치 못한 상황에 처할 때마다 드러머를 떠올렸다. 계획이 틀어지거나 일이 어긋날 때에도 드러머는 거기에 있었다. 친했던 사람과 소원해지는 일에도 드러머가 개입했고, 오래전 일이 불쑥 머릿속에서 튀어나오는 일도 드러머의 소행이라고 생각했다. 드러머는 그렇게 일상에 균열을 내면서 지금까지와는 다른 삶의 맥락을 눈앞에 펼쳐놓았다.

사소한 일에 불과할 드러머 이야기를 꺼낸 것은 또 다른 의미에서 사소하게 읽힐 김정경의 시를 오래도록 읽기 위해서다. 물론 그 전에 사소함에 대한 오해를 먼저 풀어야 할 것이다. 사소함이 경험 미달의 방식이 아니라는 것을 우리는 잘 안다. 아울러 사소함이 무의미함과 동의어가 아니라는 점도 모르지 않는다. 사소하다는 말은 적거나 작아서 보잘것없거나 중요하지 않다는 사전적인 의미만으로는 그 말이 겪어온 역사적 경험을 다 적어낼 수 없다. 사소하다는 말에 부정적인 뉘앙스가 강하게 채색되어 있다면, 거기에는 교정되어야 할 역사적 맥락이 담겨 있기 때문이다. 봉건시대와 제국시대, 그리고 냉전시대를 거치는 동안 우리들 개인의 삶은 거대담론의 시녀로 복무했다. 그 시대에 우리들 개인이 민중이나 국민이라는 집단적 정체성으로 간주되었던 것을 떠올려보면 거대담론의 시녀라는 말이 무색하지 않다. 우리들 개인의 사유와 경험은 거대담론과의 전면전에서 거듭 패배할 수밖에 없었다. 시간이 흘러 절대적이라고 신봉했던 그러한 이념이나 체제가 허구였다는 것을 알게 되었지만, 그럼에도 아직 그 무렵의 영향으로부터 자유롭지 못한 것이 사소함의 의미 맥락이다. 개인의 사유와 경험의 가치 그리고 삶의 의미를 전략적으로 무력화시켰던 지난 세기까지의 억압적 영향이 아직도 사소함을 지배하고 있다.

이제 거대담론의 허상이 아니라 우리들 개인의 구체적 경험과 욕망이 스스로의 선명성을 보여 주는 시절을 우리는 살고 있다. 지휘자의 손끝에서 흘러나오는 오케스트라 시대로부터 자기 내면의 충동과 열정에 사로잡혀 다른 소리와의 불협화를 미적 재능으로 삼는 재즈 음악가의 시대가 되었다. 이런 시대에 불협을 협연의 경지로 이끌어내는 우리들 개인의 충동 경험이야말로 사소함의 한 사례라고 생각한다. 김정경의 시 읽기를 두고 사소함을 말하는 이유가 여기에 있다. 김정경의 시에는 시대와 인간 그리고 자기 내면을 향한 불협의 소리를 새로운 리듬으로 이끌어가려는 드러머의 시도들이 있다.

네 몸에 귀를 얹으면 발톱 자라는 소리까지 들을 수 있어. 빈틈없이 껴안고 네가 꾸는 꿈속까지 따라갈게. 겨울나무 칭칭 휘감은 전구처럼.

먼 언어를 배우는 사람이 되어 추운 나라로 가자, 나무들의 촘촘한 나이테 사이사이 너의 이름 켜켜이 쌓아 올린 신전을 갖게 해줄게.

멀어서 다정해지는 약속들.

이곳은 그녀에게 너무 가깝고, 아직 멀다.

등에 입술을 붙이고

영혼에 닿듯 불렀지만

그녀까지 닿지 못했다.

광광거리며

깊어진

귀가 멀었다.

　　　　　　　　　　—「추운 나라의 언어들처럼」 전문

　시가 견고하게 구축된 언어의 성채라는 보편적인 사실에서 출발하면, 그 성채에 새로운 언어를 쌓는 일이 그 성채를 좀 더 다채롭게 해주는 것처럼 생각되지만, 어쩐 일인지 기존의 언어가 빠지거나 새로운 언어가 얹히게 되면 시는 아주 낯선 이야기가 되고 만다. 시에 구축된 언어가 다른 언어에 쉽게 상처받고 또 그만큼 예민하여 잘 변질되기 때문이다. 「추운 나라의 언어들처럼」은 김정경이 시의 "언어"를 다루는 방식을 엿볼 수 있다. 이 시는 드러머의 경우처럼 언어를 놓침으로써 기성의 언어를 새로운 언어로 갱신해 간다. "너무 가깝고, 아직 멀다"라는 감각적 시차는 이 시에서뿐만 아니라 이번 시집에 실린 김정경의 시에서 언어를 갱신해 가는 불순물로 작용한다. 이 불순물을 계기로 시는 오래된 약속과 당연한 가능성의 영역에서 뜻밖의 불가능한 영역으로 도약해 간다. 1~3연이 "들을 수 있어" "따라갈게" "칭칭 휘감은 전구처럼" "갖게 해줄게" "다정해지는 약속들"을 통해 주체의 다정한 의지를 보여 주고 있다면, 5~6연의 경우에는 "닿지 못했다" "귀가 멀었다"처럼 약속하고 가능할 것 같았던 시적 계약이 파기되는 모습을 보여 준다.

　이러한 감각적 시차를 통해 김정경이 의도한 것은 표상하는 언어로부터 추론하는 언어로 질적 갱신을 도모하는 시 쓰기/읽기의 새로운 시도이다. "낙타가 앞지르면 실격이므로// 신은 시간으로 위엄을 드러낸다지"(「낙타」) 같은 시구가 그러한 시도를 적절하게 지지한다고 하겠다. 시 「낙타」는 낙타 목에 방울을 매달고 달리는 사막 종주에 관한 이야기이다. "낙타가 앞지르면 실격"이 되는 것이 사막 종주의 유일한 규칙인데, "앞지르면"의 주체가 "낙타"이고 실격의 주체가 "선수"라는 점에서 감각적 시차는 "낙타"와 "선수"가 각기 주체로 존재하고자 하는 순간에 발생하는 "실격"의 순간을 말하게 된다. 그런데 이 순간이 성립되는 것을 방해하기 위해 불순물처럼 개입하는 것이 '신의 시간'이다. '신의 시간'은 "실격"을 방지하고 사막 종주를 승인하는 유일한 규칙이다. 그런 까닭에 사막 종주의 규칙은 신의 규칙으로 변질되고, 사막 종주 경기가 표상하고자 했던 "실격"은 신의 "위엄"을 추론하게 하는 것으로 낯선 그리고 새로운 시의 영역으로 옮겨 간다.

　　2

　이러한 인식의 근저에는 언어에 대한 김정경의 자의식, 다시 말해 시인으로서 일상의 언어를 채굴하고 재련하여 시의 언어로 정련하고자 하는 연금술에 대한 강박이 있다. 중요한 것은 김정경의 경우 이 강박을 중압이나 억압의 고전적인 방식이 아니라 사소함이라는 사적私的 트라우마를 활용한다는 점이다. 이렇게 된 이상, 사적 트라우마의 김정경식 활용을 해명하지 않으면 안 되겠다. 트라우마Trauma가 외부에서 일어난 충격적인 사건으로 인해 발생한 심리적 외상이라는 사실은 잘 알려져 있다. 트라우마는 외부의 불순물이 내부에 주사注射되어 내부에 변형을 발생시키는 삶의 형식인 것이다. 김정경의 시를 지배하고 있는 사적 트라우마는 기본적으로 트라우마의 속성에 기대고 있지만, 불순물이 형성되고 그것이 새로운 시와 삶을 촉매하는 과정에서 외부성을 배제한다는 특징이 있다. 그러니까 내부에서 충동질된 사건이 야기하는 정서적 내상이 사적 트라우마인 것이다. 김정경의 시가 상처에 관해 말하고자 한다면, 그 상처는 외상보다는 내상인 경우가 많은 것은 그 이유 때문이다. 「추운 나라의 언어들」이 "네가 꾸는 꿈속까지 따라갈게"라고 할 때, "나무들의 촘촘한 나이테 사이사이 너의 이름 켜켜이 쌓아 올린 신전을 갖게 해 줄게"라고 할 때, "꿈속"이나 "신전"의 경우가 내상의 구체적 형상으로 읽히는 것은 "갈게"와 "해 줄게"라는 충동의 언어들이 사적 트라우마를 표방하고 있기 때문이다.

햇살이 콕콕 발톱을 쫀다

세탁기 돌고

리처드 홀리 노래하고

나는 없다가 갑자기 생겨난 사람처럼

어색하게 웅크려 발톱을 깎는다

있어야 할 자리 찾아서 밖으로 나도는 동안

한 여자가 떠났다

주말 기다려 밑반찬 만들고

화병에 물 갈아주던 그 사람 지금 부재중이다

그이가 어떻게 웃었더라?

기억이 콕콕 기억을 쪼아 먹는다

발톱을 깎았을 뿐인데

내게서 빠져나간 그녀의 자리가

한 움큼 비어있다

몸이 설다

　　　　　　　　　　　　　　—「몸이 설다」 전문

　　이 시는 트라우마가 오는 방식과 내습한 트라우마의 형상
을 간명하게 보여 주고 있다. 트라우마는 "쫀다"와 거기에 대
응하는 "깎는다"로부터 발생하여 몸을 "한 움큼 비어있"게 하
는 진공상태로 존재한다. 김정경은 트라우마가 일방적으로

'쪼는' 일이 아니라 (외부에서) 쪼고 (내부에서) 깎는 상호작용이라는 사실을 공개적으로 선언한다. 그럼에도 외상이 아니라 내상이라고 말하는 것은 "기억이 콕콕 기억을 쪼아 먹"기 때문이다. 쪼는 일이 외부의 "햇살"로부터 내부의 "기억"으로 갱신되는 일은, 다시 말하지만, 1~2연에서 볼 수 있듯 감각적으로 확인되는 표상의 언어로부터 반성적 사유가 개입하고 있는 3~4연의 추론의 언어로 질적 갱신이 이루어지는 일이다. 이러한 이질적인 언어의 시차 속에서 트라우마는 "부재중"의 형식으로 존재한다. "몸이 섰다"는 인식은 그러한 부재의 존재 형식을 보여 주는 한 사례이다. 알다시피 이 시에서 말하는 "섰다"는 감각은 표상적이기보다 추론적이다. "몸"이 감각적 대상이면서 사유의 주체라는 이중적인 존재 형식을 띠지만, "섰다"를 성립시키는 것이 주체로서의 몸이라는 점에서, "섰다"는 "몸" 주체의 사유 형식이 되기 때문이다. 게다가 "몸이 설"게 된 원인이 "기억이 콕콕 기억을 쪼아 먹는" 사유 형식이라는 사실도 이 시의 후반부가 추론의 언어 형식임을 증명한다.

김정경의 시가 추론의 언어에 얼마쯤 기대고 있다는 사실은 그의 시를 장악하고 있는 사적 트라우마의 기세를 짐작하게 한다. 라캉이 트라우마를 두고 실재와의 빗나간 만남이라고 말한 점을 감안하면, 김정경의 시에서 실재와 어긋난 지점을 발견하는 것은 그의 사적 트라우마와 만나는 일이 된다. 문제는 실재의 형식이다. 좀 더 라캉에 기대자면, 실재(the real)는 현실 밖의, 현실이 아닌, 현실 너머의 어떤 세계를 말한다. 그렇기 때문에 실재는 감각적으로 경험할 수 없을 뿐만 아니라 추론적으로도 그 본질에 닿을 수 없다. 따라서 실재는 언어를 초월하는 언어 밖의 세계이며 언어로 매개되지 않는 세계이다. 라캉이 언어 주체의 외부에 있는 성性과 죽음의 차원을 통해 실재를 구축하고 있다는 점에서 그 세계는 언어 주체에게는 알 수 없는 불안의 세계이다. 인간은 실재를 직면하는 순간 언어적 감각이 작동하지 않고 모든 사유의 범주들이 질식하고 만다. 불안이란 이런 것이다. 김정경이 "몸이 설다"고 한 것은 언어로 포섭되지 않는 "부재"의 순간, "한 움큼 비어있"는 지점을 말하기 위함이다. 다시 말해 표상의 언어로부터 추론의 언어로 도약하는 그 시차(한 움큼 비어있는 부재의 형식)의 불안을 폭로하는 방식으로 김정경은 감각의 언어와 사유의 언어를 충돌시켜 그 사이에서 언어적 진공을 만들어 내는 것이다.

혼자서 살겠다고
혼자만 살아보겠다고
고쳐 쓰고 또 고쳐 쓰던 자기소개서
개미들이 따라가며 밑줄을 긋는다

고쳐 쓰다 만 자기소개서 위의 검은 줄이 흩어진다
—「검은 줄」부분

새 애인 입속으로 헤어진 애인을 향한 복수의 혀

밀어 넣으면서

방울방울 부푸는 밤

한 쌍의 잘 어울리는 타인의 애인

　　　　　　　　　　　　　—「솜사탕」 부분

　인용한 시 모두 불안이라는 기둥 위에 세워진 실재를 이야
기하고 있다. 「검은 줄」의 경우 언어적 진공을 만드는 불안의
근거는 실존하는 주체 "혼자서"와 그 실존을 사유하는 주체
"혼자만"의 충돌에 있다. 그 결과 "자기소개서"를 "고쳐 쓰고
또 고쳐 쓰"는 일을 무한 반복할 뿐, 최종적으로 "자기소개
서"는 완성되지 않는다. 실재의 세계는 언어 주체의 외부에
있으므로 "고쳐 쓰다 만 자기소개서 위의 검은 줄이 흩어"지
는 것은 당연하다. 「솜사탕」도 다르지 않다. 지금 감각 세계
안쪽으로 들어와 있는 "새 애인"과 사유의 세계에 잔여로 남
아있는 "헤어진 애인"의 충돌은 언어의 진공으로 이 시를 이
끌어간다. 그 결과 "방울방울 부푸는" 진공의 "밤"을 맞이하
게 되는데, 이 밤에 불안은 "타인의 애인"처럼 알 수 없는 신
호를 보낸다. 김정경은 이렇게 감각 언어(「검은 줄」에서 '혼자
서', 「솜사탕」에서 '새 애인')와 사유 언어(「검은 줄」에서 '혼자만', 「솜
사탕」에서 '헤어진 애인')를 드라마틱하게 충돌시킬 줄 안다. 이
흔치 않은 방법론을 그의 시적 재능으로 간주하기에는 얼마
쯤 심정적인 비약이 필요하지만, 그렇더라도 그의 시적 방법
론이 긍정적인 방향으로 나아가고 있다는 점만큼은 부정할

필요가 없을 것 같다.

3

　김정경의 시에 구축된 언어적 진공이 불안과 긴밀하게 닿는 것은 그것이 드러머가 놓쳐 버린 리듬의 세계에 가깝기 때문이다. 그러나 드러머에게 불안은 놓쳐 버린 리듬에서도 오고 새롭게 창조되는 리듬에서도 온다. 창조되는 리듬은 놓쳐 버린 리듬의 진공을 공명共鳴하면서 압박해 온다. "뿌리 없이도 몸에서 피어나 먹고 말하고 취하게 하는 불안의 꽃. 삶이 위태로워진 나무는 어느 때보다 화려하게 꽃 피운다네"(「불안꽃」)에서 알 수 있듯, 불안은 "뿌리 없"는 "몸에서 피어나" "화려하게 꽃 피"우는 "위태로워진 나무"의 모습과 다르지 않다. 이때 비유적으로 '뿌리 없는 몸'이 놓쳐 버린 리듬이라면 '화려하게 피는 꽃'은 창조되는 리듬이 될 것이다. 이 사이에서 진공은 "위태로워진 나무"를 공명하여 "불안의 꽃"을 피우게 한다. 김정경은 "불안의 꽃"이라는 실재를 "내어內語 가득한 하나의 세계"라고 명명한다.

　궁금했다

　불쑥 침대로 뛰어드는 골목의 발자국들

스스로 머리 밀며 울던 모과나무의 비밀 연애

빨래 곱게 개켜 방문 앞에 놓고 가는

주인집 아들의

빈 밥솥 같은 연심

겨울마다 천장과 지붕 사이에 자리 펴는

고양이의 가계

보일러 돌아가는 소리 들으며 썼다 지운 글들

이 모든 것의 주인은 정말 나였던가

내어內語 가득한 하나의 세계를

읽지 못하고 떠난다

안개와 노을을 풀어놓던 폐사지의 부도 탑처럼

골목의 날씨를 만드는

다섯 채의 사이프러스와 백목련 두 채

산수유나무와 대추나무도

안녕은

안녕

　　　　　　　—「이 마음을 참으면 무엇이 되나」 전문

　　이 시는 "궁금"한 것의 목록을 나열한 것처럼 보인다. 2연
에 나열된 것들이 감각적으로 환기되는 현상세계의 목록이라

면, 3연에서는 "이 모든 것의 주인은 정말 나였던가"에서 보
듯 그것들에 대한 검증이 이루어지고 있다. 이런 경우 대체
적으로 '알 수 없음'으로 검증이 끝나는 것이 일반적이다. 김
정경도 그 점에서는 특별하지 않다. 그럼에도 "내어內語 가득
한 하나의 세계"가 예사롭게 보이지 않는 것은, 그것이 2연
에 나열된 목록을 괄목刮目하게 만들기 때문이다. 2연에 나
열된 "발자국들" "비밀 연애" "연심" "고양이의 가계" "썼다
지운 글들"이 하나의 세계라면, 그 세계를 일관하고 소통하
는 "내어"가 있다는 것인데, 그 말들은 "읽지 못하"는 언어이
다. 왜냐하면 "내어"의 세계는 진공의 세계이고, 진공의 세
계는 "주법이 전하지 않는 악기"(「오늘 한 일」)처럼 리듬을 놓
쳐 버린 세계이기 때문이다. 김정경은 이러한 진공을 "폐사
지의 부도 탑"으로 형상화하는데, "부도 탑"이 언어(이 경우
에는 진리의 언어가 되겠지만)를 봉인해 둔 상징이라는 점을
감안하면, "내어 가득한 하나의 세계"로서 충분히 존재론적
의의를 가진다고 할 수 있다.

　그런데 김정경의 '내어의 세계'가 사적 트라우마와 긴밀하
게 연계된 것처럼 보이는 것은 무슨 이유일까? 트라우마가
실재와 어긋난 세계, 경험되지 않은 언어 외부의 세계라는 사
실을 말한 바 있다. 그렇다면 '내어의 세계'는 '언어 외부의 세
계'와 대척 관계가 아닌가! 그럼에도 김정경의 시에서 두 세
계가 마치 표리表裏를 이룬 것처럼 보이는 것은 "어쩌면 영원
한 오독을/ 기대하는"(「안거」) 시적 기만일지도 모른다. 사실
이러한 혐의는 어느 정도 예상된 사태다. 김정경의 시가 리

듬을 놓쳐 버린 드러머의 새로운 시도 같다고 했을 때, 오독의 가능성은 예견되었다. 그러나 김정경의 시가 기대하는 오독은 리듬을 놓쳐야 비로소 새로운 리듬을 창조해 내는 드러머의 시도처럼 새로운 읽기 형식을 요구한다. 이를테면 오독이란 읽히는 것을 읽는 일도 아니고 읽어야 할 것을 읽어내는 일도 아니다. 오히려 김정경의 오독은 읽힐 수 없는 것을 읽어내는 데서 발생한다. 그럴 때 놓쳐 버린 리듬(읽히는 것을 읽는 일)과 창조된 리듬(읽어야 할 것을 읽어내는 일) 사이에서 진공으로 존재하는 '내어의 세계', 다시 말해 읽힐 수 없는 것을 읽어내는 일을 실현할 수 있다. 이제 보게 될 시가 "오독을/ 기대하는" 시의 한 사례가 될 것이다.

마지막 잎이 물 위에 떨어질 때

몸살 끝에 일어나 소고기뭇국 끓일 때

모르는 사람의 행복을 빌어주고 싶을 때

말간 얼굴로 빠져나간 몸
내 몸에서 찾을 때

오래 살던 집 화단에 아끼는 시집을 묻어두고 이사할 때

이제 더는 기다리지 않겠노라

깨뜨린 술잔 속에도

깨끗이 잘라내지 못해 덜렁거리는 결심처럼

있었다

너는

─「내일」 전문

시의 제목을 아무렇게나 붙이지 않았을 거라는 가정에서, 이 시의 제목이 "내일"인 것은 의미심장하다. "내일"은 도래할 것으로 기대되는 시간이지만, 그 시간이 반드시 도래할 것이라는 보장은 없다. 설사 "내일"이 도래한다고 하더라도 이미 도래한 "내일"은 "내일"의 속성을 상실한 시간일 뿐이다. "내일"은 가능성으로 존재할 뿐 구체적으로 실현되는 시간이 아니기 때문이다. 그런 의미에서 이 시의 제목은, 김정경식으로 말하자면, 충분히 기대되는 오독의 시간이다. 읽힐 수 없는 것을 읽어내는 일이 '내어의 세계'를 지탱하는 일이라면, 존재하지 않는 시간을 감각적으로 실현해 내는 일 또한 '내일의 세계'라는 점에서 그렇다. 그럴 때 내일의 세계는 실재와의 빗나간 만남이 되며, 결과적으로 트라우마의 시간이 된다. 이 시에서 "말간 얼굴로 빠져나간 몸/ 내 몸에서 찾을 때/ …(중략)…/ 깨끗이 잘라내지 못해 덜렁거리는 결심" 같은 것이 내일의 세계에서 김정경의 사적 트라우마가 되고 있다.

　김정경은 이 트라우마의 심연을 진단하는 일에도 또 그것을 극복하는 일에도 무감각한 것 같다. 이러한 심리는 리듬을 놓쳐 버린 드러머가 새로운 리듬을 창조하는 와중에도 놓쳐 버린 리듬을 성실하게 그리고 온몸으로 재현하는 윤리와 다르지 않다. 그것은 "빠져나간 몸"을 "내 몸에서 찾"는 일처럼 빗나간 시차時差를 재현하는 일에 가깝다. 라캉식으로 말하면 그렇게 재현된 세계는 실재 세계가 될 것이다. 김정경은 사적 트라우마를 통해 우리의 경험과 언어 바깥에 존재하는 실재 세계와 마주할 줄 안다. 그것이 설사 읽힐 수 없는 세계의 비밀을 우연하게 발견해 낸 오독의 결과일지라도 말이다. 그럴수록 그의 시적 감각은 첨예하게 다듬어지고 예리하게 빛나는 순간을 맞이한다. 김정경에게 "내어"는 "광휘와 치욕이 뒤섞인// …(중략)…/ 지상의 빈틈 메우려"(「지금 없는 사람」)는 언어의 리듬이기 때문이다.

4

　이쯤 되면 눈썰미 좋은 사람들은 알아챘을 것이다. 김정경의 시집 『골목의 날씨』를 읽는 일이 악보에 그려진 리듬을 놓치고 원래의 리듬에서 많이 빗나간 리듬을 연주하는 드러머의 주법을 지켜보는 일이라는 것을. 김정경의 시를 읽는 동안 우리는 두 종류의 리듬이 우리의 귓가에서 자주 충돌하는 것을 경험했다. 선명하게 들리는 것은 드러머가 연주하는 창조된 리듬이겠지만, 어쩐지 우리는 가상에서 들려오는 리듬에 맞춰 흔들리고 싶었는지도 모른다. 이를테면 한 편의 시가 새로운 상상과 사유와 감각으로 우리가 경험하지 못하고 언어로 표현할 수 없는 '실재'를 우리 눈앞에 소환하더라도, 우리의 시선은 우리의 경험이 얼룩져 있고 언제라도 언어화할 수 있는 삶이라는 현실을 애써 더듬는 것처럼 말이다. 김정경은 이렇게 '빗나간' 리듬을 시의 언어로 능숙하게 타래 지을 줄 안다. 다음 시가 그것을 입증하게 될 것이다.

꽃문 열고 여승들이 나온다
공장 문 열 시간, 출근 도장 찍고 연밭에 앉아
흰 꽃 찍어낸다

백련은 음악 양각 어둠을 파내고 새겨 넣은 빛,
몸 밖으로 번진 것
소풍 온 한 무리의 여자들
꽃을 손바닥 위에 올려서 사진을 찍는다
웃으며 사진 속으로 들어간다

진흙 속에 아랫도리를 묻은 여승들
줄기와 연밥 사이 야물게 조여
하얀 꽃잎을 용접한다 저녁 예불 종소리,

공평하게 공양 그릇에 채워진다

꽃잎이 닫히기 전 여승들은

꽃 속으로 돌아가고

남은 여자들 서둘러

몸속에 초저녁별을 뿌리째 옮겨 심고 있다

—「백련 공장」 전문

　이 시는 애써 해독하지 않아도 좋다. 가벼운 마음으로 이 시가 연주하는 삶의 리듬을 따라가는 것만으로 충분하다. 먼저 시에 등장하는 인물을 보자. 1연에 "여승들이 나온다". "여승들"은 2연에서 "한 무리의 여자들"로 바뀌는데 그 계기는 "몸 밖으로 번진" "빛" 때문이다. "여승"과 "여자"의 존재론적 전이가 "빛"에 의해 이루어진 것이다. 빛이 내면에 머물면 "여승"으로, 그 빛이 외부로 발산되면 "여자"가 된다. 이러한 존재의 질적 전환은 3연에 오면 다시 "여승들"로 복귀하게 되는데, 이때의 "여승들"은 비유적인 의미에서 "진흙 속에 아랫도리를 묻"고 있는 연꽃이다. 여승 → 여자 → 연꽃이라는 생명의 개화 과정으로 보이는 존재의 전이 과정은 김정경의 시적 상상력에서 중요한 의미를 지니는 것처럼 보인다. 이 구도가 성聖에서 속俗으로 전개되었다가 최종적으로 그 모두를 초월하는 종교적 상상력으로 모아지고 있기 때문이다.

　「백련 공장」을 읽는 또 하나의 줄기는 "꽃문 열고"로부터 "꽃 속으로 돌아가고" 사이의 역동적 사태를 살피는 일이다.

세계의 존재 형식이 개시하고 닫히는 구조를 본질로 삼고 있지만, 앞서 여승들의 존재 사태가 변증적 초월의 세계로 나아갔던 것처럼, 이 시의 열림 → 닫힘의 구도가 평면적이지 않다는 점은 참고할 만하다. 그러나 이 시의 남다른 매력은 세계의 '닫힘' 이후에 있다. "남은 여자들 서둘러/ 몸속에 초저녁별을 뿌리째 옮겨 심"는 일을 어떻게 보아야 할 것인가? "꽃잎이 닫히기 전 여승들은/ 꽃 속으로 돌아가고" 없는데 "남은 여자들"은 누구인가? 지금까지 읽어온 바에 따르면, 그들은 새로운 리듬을 창조하는 드러머들이자 실재와의 만남을 비켜 간 김정경의 트라우마라는 혐의에서 한 발자국도 벗어나기 어렵다. 이제 그들이 "몸속에" "옮겨 심"은 "초저녁별"의 "뿌리"에서 무엇이 피어나는지 지켜보는 일만 남았다. 김정경이 열림─닫힘이라는 세계의 존재 형식 이후를 눈여겨보는 이유가 어쩌면 세계가 닫힌 그 순간에 인간의 심연이 열린다는 사실을 알고 있기 때문은 아닐까? 그렇다면 김정경은 인간의 심연이 언어가 침투하지 못하는 진공의 세계, 즉 실재 세계라는 것도 알고 있지 않을까?

김정경의 시는 「백련 공장」의 경우처럼, 비유적인 의미에서 여승들에 관한 시로 읽히기도 하고 또 어떤 시는 여자들에 관한 시처럼 보이기도 한다. 그러니 여승들로 읽어도 여자들로 읽어도 잘못은 아니다. 그러나 김정경의 시에는 그 둘이 충돌하여 진공을 이루는 지점들이 적지 않게 펼쳐져 있다는 사실만큼은 알아두어야 할 것 같다. 그 지점이 여승들과 여자들을 초월해 버린 지점임은 굳이 말할 필요 없지만, 초월의 지점이 라캉이 말한 실재 세계에 가깝다는 사실만큼은 꾹 꾹 눌러 적어두고 싶다. 그것은 또한 김정경이 "찬란하고 따 뜻하고 먼 이국의 언어"(「멀고 따뜻하고 찬란한」)를 통해 모든 빗 나간 것들의 심연으로 침투해 갈 수 있을 거라는 믿음이기도 하다. 닫힌 세계의 심연에서 김정경이 '내어'의 새로운 리듬 을 연주할 수 있으면 좋겠다.

천년의시인선